Coordinació editorial: Mª Carmen Díaz-Villarejo
Disseny de col·lecció: Gerardo Domínguez
Maquetació: Silvia Pasteris
Títol original: *Rita y los ladrones de tumbas*
Traducció al català: Pau Joan Hernàndez

c/ Capitán Haya, 1 – planta 14. Edifici Eurocentro
28020 Madrid (ESPANYA). Telèfon: (+34) 91 524 94 20

www.macmillan-lij.cat

Primera edició: setembre, 2007
Segona edició: març, 2008
Tercera edició: setembre, 2010
Quarta edició: març, 2011

ISBN: 978-84-7942-155-7
Imprès a la Xina / *Printed in China*

GRUPO MACMILLAN: www.grupomacmillan.com

Mikel Valverde

La Rita i els lladres de tombes

MACMILLAN
Infantil i Juvenil

La Rita, amb la seva petita maleta vermella, va sortir de la sala de recollida d'equipatges i va buscar el seu oncle Daniel. Però no hi era.

"Que estrany. Deu haver tingut algun problema en l'excavació –es va dir–. Segurament, haurà enviat algú a buscar-me.

La Rita es va acostar a un grup de gent que sostenia cartells amb diferents noms: Nika Bitchiasvili, Monsieur Petillon, Mr. Ibrahim, Tom Carragher, Miss Smith, Srta. Díez Salinas…

Però en cap dels cartells no apareixia el seu. No podia ser: el seu oncle Daniel no era cap bromista, ni tenia tan mala memòria per no recordar-se del dia i l'hora que la seva neboda arribava al Caire, la capital d'Egipte. A més, era el seu oncle qui li havia proposat que passés part de les vacances amb ell en una excavació, ja que en Daniel estava ajudant un amic arqueòleg.

La Rita va començar a llegir de nou els noms dels cartells. Mentrestant, la senyoreta Díez Salinas havia trobat la persona que havia anat a buscar-la, igual que Mr. Ibrahim.

Aleshores, ho va veure. El nom no era gaire clar, però en aquell cartell hi deia alguna cosa molt semblant a "RITA".

És veritat que la "T" estava escrita d'una manera estranya, i que al costat de la "A" hi havia una "D". Excepte per aquells detalls, en el cartell es podia llegir clarament el seu nom.

La Rita es va acostar a l'individu malforjat que duia el cartell i el va saludar:

—Hola, jo sóc la Rita.

Per a sorpresa seva, la nena va veure com dos viatgers més s'acostaven també a aquell home i li feien un senyal.

Un d'ells era molt alt i voluminós, i intentava dissimular la seva gran panxa sota una camisa molt ampla. Al seu costat hi havia una senyora molt prima i molt maquillada. La Rita i l'home alt es van mirar amb gest d'interrogació, fins que aquest últim va dir:

—Vostè també ve per l'excavació...?

"Quin home tan educat, em tracta de vostè", va pensar la Rita. I després li va contestar:

—Sí.

—D'acord, aleshores ja hi som tots.

I després de fer una indicació a l'home que encara sostenia el cartell, el grup es va dirigir a la sortida.

Tot caminant, la Rita i els seus acompanyants van passar al costat d'un senyor que s'estava cordant les sabates. Mentre ho feia, aixecava una mica el cap. Semblava que estigués buscant algú.

—Compte, que sóc aquí –deia quan veia que algú estava a punt de xocar amb ell.

A la fi, es va incorporar i va agafar el cartell que havia deixat a terra de cap per avall. S'hi podia llegir de manera ben clara un nom: RITA.

El senyor estava preocupat: ningú no s'hi havia acostat i a penes quedaven passatgers a la porta d'arribades. Aleshores va recordar el que li havia dit el professor Daniel: "La Rita és una nena morena, baixeta i amb un pentinat una mica estrany. Portarà una maleta vermella". En aquell instant, va recordar que una nena com aquella acabava de passar pel seu costat. Sí, n'estava segur. Anava amb unes altres persones i es

dirigia cap a la parada de taxis. El senyor va córrer a buscar-la, però no la va poder trobar entre la gent. Havia perdut la Rita.

Mentrestant, al taxi on viatjaven la Rita i els seus acompanyants tots anaven en silenci. Finalment, el senyor alt i voluminós es va dirigir a la Rita:

—El meu nom és Carlsson i ella és la senyoreta Paponet.

En dir això, va assenyalar la dona prima amb qui havia aparegut a l'aeroport. Després, va afegir:

—Tal com li he dit, venim per l'assumpte de les excavacions. Vostè deu ser l'experta en egiptologia...

"Aquest senyor és educadíssim", va pensar la Rita quan va sentir aquestes paraules. "Les meves amigues em deien que devia saber moltes coses sobre Egipte i els faraons, perquè em veien llegint llibres, però no em deien experta. És clar, aquest senyor Carlsson és molt més educat."

Seduïda per les paraules del seu company de taxi, la Rita va contestar-li:

—Sí... Sóc l'experta.

—No ens esperàvem que fos tan jove... –va dir aleshores la senyoreta Paponet.

—No s'incomodi –va intervenir el senyor Carlsson en veure que a la cara de la Rita es manifestava un cert desconcert–. És que fins ara els experts amb qui hem col·laborat eren més grans. Estarem encantats de treballar amb vostè. Si l'han enviat, és perquè vostè és una persona realment destacada i competent.

"Una persona destacada i competent." Mai no li havien dit una cosa tan ampul·losa i educada. Ni tan sols l'Anna, la seva professora de matemàtiques, el dia que va treure un deu en un examen. La Rita es va sentir afalagada, i això li agradava.

—És clar –va dir com a resposta.

—Però encara no ens ha dit com es diu –li va dir amb molta educació el senyor Carlsson.

—Rita –va contestar ella somrient.

El taxi es va aturar a la fi en una petita plaça amb un arbre al mig. Aleshores, es va obrir la porta d'una casa gran de dues plantes i l'individu que els havia anat a esperar a l'aeroport va indicar als viatgers que havien arribat al seu destí.

Quan va baixar del taxi i va entrar al pati que hi havia a l'altra banda de la porta, la Rita no va veure un petit cartell que penjava de la façana. Estava una mica trencat i a punt de caure. En el cartell es podia llegir: Hostal RIYAD.

Semblava una casa d'hostes, però feia la sensació d'estar mig buida.

"Deu ser casa d'algun dels amics de l'oncle Daniel.

Ell sempre m'ha dit que la gent del Caire és molt acollidora", va pensar la Rita.

La porta es va tancar al seu darrere i gairebé en el mateix moment els tres viatgers van veure acostar-se un individu. Era un home sinistre. Caminava una mica encorbat i duia un pegat de cuir negre en un ull.

—Hola, Salim –va dir el senyor Carlsson acostant-se a l'estrany personatge i donant-li la mà. Després, va continuar–: Crec que ja coneixes la senyoreta Paponet d'anteriors ocasions. Aquesta altra senyoreta és la professora Rita.

En Salim la va mirar amb gest de sorpresa i incredulitat, però després es va acostar a la Rita i també li va donar la mà.

—Hola, professora Rita, benvinguda –va dir. Després va afegir–: Tenen les habitacions preparades. Poden pujar a descansar. Xerrarem durant el sopar.

La Rita va seguir un dels empleats d'en Salim fins a la seva habitació, que tenia una gran terrassa des de la qual es distingia la ciutat del Caire. La llum del capvespre il·luminava els edificis i els minarets de les mesquites.

La Rita no es podia treure del cap la imatge d'en Salim. No recordava que l'oncle Daniel l'hagués esmentat mai en parlar dels seus amics egipcis. Tampoc no recordava haver sentit a parlar

el seu oncle del senyor Carlsson, ni de la senyoreta Paponet. Una veu li deia per dintre: “Això és molt estrany; l’oncle Daniel no t’ha parlat mai d’aquestes persones. Vés amb compte”.

Era la veu de la prudència.

Però, d’altra banda, la Rita se sentia afalagada per les paraules del senyor Carlsson. Li havia arribat a dir “professora Rita”, a ella!

I aleshores li va semblar sentir una altra veu. “No pateixis. Segur que el senyor Carlsson i la senyoreta Paponet són professors que han vingut a

treballar també a l'excavació. I recorda el que et va dir l'oncle Daniel: no et deixis endur per l'aparença de les persones; l'important és el seu interior, la seva manera de ser. En Salim és una mica estrany, però t'ha dit professora, com els altres. Si t'afalaguen, és senyal que t'aprecien."

Aquella era la veu de la vanitat.

La Rita va mirar un cop més la posta de sol del Caire.

Després, es va refrescar i va baixar al menjador: faria cas a la veu de la vanitat.

Quan la Rita va arribar al menjador, tots ja eren asseguts a taula. El cuiner havia preparat un sopar molt bo: sopa de kofta i koixari. I per postres, pastissets de dàtil.

—Professora Rita, veig que li agrada el menjar que ha preparat el nostre cuiner —va observar en Salim.

De nou li estaven dient "professora". Allò era meravellós; algú que es dirigís a ella d'aquella manera no podia ser mala persona.

—Sí, tot és molt bo, l'egiptologia fa venir molta gana. Puc menjar algun pastisset més? –va preguntar.

—Naturalment, professora –va dir en Salim tot acostant-li la safata.

—Bé, crec que ja és moment de començar a parlar dels assumptes que ens han portat fins aquí —va intervenir el senyor Carlsson–. Pels nostres informadors, sabem que el cap d'antiguitats, el professor Hawas, està treballant en les excavacions d'una tomba descoberta recentment.

"Hawas! Aquest és el nom que li he sentit a dir a l'oncle Daniel per telèfon. El nom del seu amic egipci", va recordar la Rita.

En Carlsson va continuar parlant:

—Ens han dit que, a més del seu equip habitual, hi ha una persona procedent d'Europa que l'està ajudant, un tal professor Bengoa. Han d'haver trobat alguna cosa molt important i valuosa, ja que ningú no sap on es troba l'excavació. És un secret absolut. El nostre objectiu és localitzar el lloc i dirigir-nos-hi.

La Rita escoltava mentre menjava uns quants pastissets de dàtils que li mantenien la boca plena i no la deixaven parlar. Quan va acabar de menjar, va dir:

—El professor que ha vingut d'Europa per ajudar el senyor Hawas es diu Daniel Bengoa, i el senyor Carlsson té raó: a l'excavació s'estan trobant coses de molt valor.

De sobte, la Rita va recordar que el seu oncle Daniel li havia dit que no havia de revelar a ningú el que li explicava sobre l'excavació. Però, com podia ella amagar aquelles coses a unes persones tan interessades en el tema, i que a més li deien experta, professora, i la convidaven a pastissets? O sigui que va continuar parlant:

—És una tomba. Hi ha algunes peces d'or i escultures de gran valor.

—Ooooooooooooh! –van exclamar en Salim, en Carlsson i la senyoreta Paponet obrint molt els ulls.

—I digui'ns, professora Rita –li va preguntar la senyoreta Paponet—, sap a quin període de la història d'Egipte pertany?

—Què? —va preguntar la Rita, força despistada.

—La senyoreta Paponet es refereix a l'època aproximada de la tomba. Si és del Període Arcaic o dels Imperis –va intervenir el senyor Carlsson.

—És de l'època dels Imperis –va contestar la Rita per dir alguna cosa.

—Sí, però és del període de l'Imperi Nou, de l'Imperi Mitjà o de l'Imperi Antic? –va insistir la senyoreta Paponet amb molt d'interès.

"Quina dona tan primmirada", va pensar la Rita. I després va dir a la babalà:

—De l'Imperi Nou.

—Oooooooooh! –van tornar a exclamar tots.

—És importantíssim descobrir al més aviat possible el lloc de l'excavació –va dir en Salim amb cara reconcentrada.

—Em sembla que sé on és –va dir la Rita.

Les cares dels seus tres companys de taula es van girar cap a ella amb expressió expectant.

—Puc menjar un altre pastisset? –va preguntar la Rita veient que la safata de les postres era buida.

—És clar, és clar –va dir en Salim alhora

que donava indicacions als seus empleats perquè duguessin una altra safata.

La Rita va menjar cinc pastissets més de dàtil davant la mirada expectant d'en Carlsson, en Salim i la senyoreta Paponet.

Quan va acabar, va dir:

—L'excavació és al costat d'un lloc que es diu Oasi de Falafa o alguna cosa per l'estil.

—L'oasi de Farafra! –va exclamar en Salim.

—Sí, això mateix, aquest és el nom –va dir immediatament la Rita.

—Ho hem de preparar tot per anar-hi de seguida –va exclamar el senyor Carlsson.

—Portaré un mapa i veurem quina ruta és la indicada –va dir en Salim tot aixecant-se de taula.

Mentre els seus companys parlaven animats, la Rita sentia com una son pesada s'anava apoderant d'ella. Havia menjat massa pastissets.

—Perdonin –va dir–. Voldria anar-me'n a dormir. Tinc molta son.

—No s'amoïni, professora, vagi a descansar. Nosaltres ens encarregarem de planificar el viatge fins a l'oasi —li va dir en Salim.

—Professora Rita... –va intervenir aleshores la senyoreta Paponet, quan la Rita ja es disposava a pujar les escales per anar cap a la seva habitació–, ens ha sorprès la informació tan detallada que té sobre l'excavació...

—És que el professor Daniel és el meu oncle —va contestar amb naturalitat la Rita.

Els presents van mirar de nou amb admiració la Rita abans que desaparegués per l'escala.

La Rita es va ficar al llit i, abans de caure en un son profund, va tenir l'oportunitat de sentir a través de les finestres obertes la conversa que tenia lloc al menjador.

—Ho heu sentit? –deia la senyoreta Paponet–. El professor Daniel Bengoa és el seu oncle.

—Sí. Que valenta que és aquesta nena! –va afegir en Carlsson.

—No havia conegut ningú com ella... I, a més, tan jove –va tornar a dir la senyoreta Paponet.

—Ja ho crec. Té el valor d'unir-se a la nostra banda. No dubta a robar amb nosaltres el que el seu oncle i els seus amics estan trobant a les excavacions.

—Però alguna cosa em diu que no ens n'hem de refiar –va intervenir en Salim.

—Ja entenc que pot semblar una mica estrany que els caps de la xarxa de lladres de tombes hagin enviat una professora tan jove, però estic segur que tenen les seves raons. No hi ha cap dubte que és una nena molt intel·ligent. Ja has vist com ha contestat a les preguntes de la senyoreta Paponet. I, a més, disposa d'una informació molt valuosa –va dir el senyor Carlsson.

Després d'aquesta conversa, els tres components de la banda de lladres de tombes van començar a fer els plans per al viatge.

Per a desgràcia de la Rita, la son l'havia vençut molt de pressa i només havia pogut sentir les dues primeres frases de la conversa. I així, mentre estava sumida en un dolç somni amb gust de dàtil, ignorava que, sense voler-ho, s'havia integrat en una de les bandes de saquejadors de tombes més temibles.

L'endemà, ben d'hora, es van dirigir a un modest embarcador. Allà els esperaven dos homes amb una petita barca de vela que ells anomenaven *falua*.

—Remuntarem el Nil uns quilòmetres i després anirem amb camell –va dir en Salim.

—No anem amb cotxe? –va preguntar la Rita.

—No, professora. És més còmode i més ràpid, però ens podrien descobrir. Anirem amb una caravana de camells travessant el desert. Així els donarem una sorpresa –li va contestar en Carlsson.

“Aquest professor Carlsson sí que és divertit”, va pensar la Rita. “A mi també m'agraden les sorpreses.”

Van embarcar a la falua i van remuntar el curs del Nil, el gran riu que neix al llac Victòria, entre Uganda, Kenya i Tanzània, i arriba fins al Mediterrani després de travessar el Sudan i Egipte.

Va ser un trajecte molt agradable. La Rita va tenir l'oportunitat de veure les piràmides i va observar meravellada les restes dels antics palaus dels senyors d'Egipte. Li va semblar que dedicar-se a estudiar la història d'aquell lloc havia de ser un ofici molt bonic.

Tots van gaudir del viatge. Bé, tots menys en Salim, que no parava de mirar amb desconfiança les falues que navegaven a prop.

—Que passa alguna cosa, Salim? –li va preguntar en Carlsson veient la seva inquietud.

—Hummm... No ho sé. Tinc la sensació que ens segueixen –va contestar.

—Tranquil·litza't, Salim, tot anirà bé –li va contestar en Carlsson.

Al cap de poca estona, van veure a la vora del riu un palmerar on hi havia un petit poblat. Alguns homes esperaven a l'embarcador. La falua va anar cap allà i va atracar.

Els passatgers van desembarcar i, mentre en Salim arranjava els últims detalls de la caravana, en Carlsson, la senyoreta Paponet i la Rita van passejar per l'animat mercat que aquell dia es feia al poble.

Els comerciants els oferien les seves mercaderies: catifes, cistells i atuells de tota mena. La Rita va veure en un extrem una parada on s'exposaven unes capsetes de fusta molt boniques.

Quan va veure que mirava, el venedor li va fer un gest perquè s'acostés i la Rita va anar cap allà apartant-se dels seus companys.

El venedor de capsetes tenia el rostre tapat.

—*Salam,* benvinguda a la meva humil parada.

—*Salam,* gràcies –va contestar la Rita, que havia après unes paraules d'àrab abans de viatjar a Egipte.

—Escolta bé el que et diré, Rita –li va dir aleshores el venedor. La Rita va fer un bot sense moure's de lloc. Aquell venedor sabia com es deia!

L'home, que s'havia adonat de la torbació de la Rita, va continuar–: Sí, sé com et dius, però no et preocupis, sóc el teu amic; per favor, escolta.

En aquell moment, va aparèixer entre les parades el guenyo Salim.

—Professora Rita, hem de marxar.

La Rita es va allunyar de la parada del venedor de capsetes sota l'atenta mirada d'en Salim. Era evident que desconfiava d'ella... Potser s'havia equivocat fent cas de la veu de la vanitat i seguint la veta a en Carlsson i a la senyoreta Paponet dient que ella era una professora i experta en egiptologia? I, a més, què li volia dir el venedor del mercat? Com és que sabia el seu nom?

Tot allò era molt misteriós i la Rita s'adonava que les coses s'estaven començant a complicar. Però no era moment de fer-se enrere; continuaria amb els seus companys de viatge fins al lloc de l'excavació. Quan es reunís amb l'oncle Daniel, tot s'aclariria.

Els viatgers es van dirigir cap a una petita esplanada als afores del poble. Allà els esperava la caravana, a punt per partir.

A més del senyor Carlsson i la senyoreta Paponet, hi havia nombroses persones amb els seus camells.

—Aquesta és la nostra caravana? –va preguntar la Rita.

—Sí, professora. Triï un camell i pugi-hi. Hem de marxar de seguida –li va dir la senyoreta Paponet, que ja havia pujat a un camell.

—D'acord, ara mateix –va contestar la Rita.

La Rita va observar els camells disponibles i va escollir el que tenia la mirada més simpàtica.

—*Salam,* camell –el va saludar la Rita.

El camell li va somriure i a l'instant la Rita va saber que l'havia encertat en escollir aquell animal.

Tan bon punt tots els viatgers van estar a punt i els equipatges carregats i lligats, la caravana es va posar en marxa a les ordres d'en Salim.

El llarg seguici travessava lentament el desert que el separava de l'oasi de Farafra. Quan en Salim ho indicava, feien una petita parada per descansar.

La calor era intensa i els camells avançaven a poc a poc, però sense pausa.

Quan la Rita girava el cap, notava la mirada d'en Salim, sempre pendent d'ella.

La caravana es va aturar al vespre.

Seguint les ordres d'en Salim, diversos homes van muntar el campament. En poc temps, van tenir a punt algunes haimes, les tendes de campanya dels

nòmades. Damunt la sorra, van estendre catifes.

Alguns camellers preparaven el te mentre el cuiner es dedicava a fer el sopar. La Rita admirava la tranquil·litat de la posta de sol al desert. Aleshores, un dels camellers es va acostar amb un gotet de te.

—*Ustada*, vol un te?

—Sí, gràcies –li va contestar la Rita tot agafant el got.

La Rita va agafar el got i va veure com l'home escrivia alguna cosa a la sorra amb un pal.

"Sóc el teu amic", va llegir la Rita.

De sobte, quan el cameller es disposava a escriure alguna cosa més, va deixar el pal i es va allunyar de manera discreta en notar la vigilància d'en Salim.

La Rita va pensar que el seu oncle Daniel tenia raó: la gent d'Egipte era d'allò més acollidora. Després de prendre el te, va tornar al campament per ajudar en les diferents tasques.

Amb les primeres llums de l'alba, el campament va recuperar l'activitat. Després de l'esmorzar, ho van recollir tot i la caravana es va posar de nou en marxa. Guiada per en Salim, la llarga fila de camells avançava pel desert.

De cop i volta, el camell que muntava la Rita es va espantar quan va veure alguna cosa entre la sorra i va arrencar a córrer. La Rita no podia controlar el camell, que galopava a gran velocitat. A la fi, quan van arribar al peu d'una elevació del terreny, el camell es va calmar i va aturar la seva fugida.

—Tranquil, camellet, no t'espantis –li va dir la Rita mentre l'acariciava.

Però quan la Rita volia guiar de nou el seu camell cap a la caravana, es va adonar que l'animal no es podia moure: tenia una pota ficada en un petit forat que hi havia a la sorra.

D'un salt, la Rita va baixar del camell per ajudar el pobre animal. Un cop alliberada la pota, la Rita es va quedar mirant el forat que havia aparegut per casualitat a la sorra, just on començava l'elevació.

"Que estrany", es va dir la Rita.

Per curiositat, va excavar una mica, i després una mica més.

De seguida, va veure com apareixia davant seu el que semblava una mena de paret sota la sorra. La Rita, emocionada, va agafar una petita pala que duia al camell i va continuar cavant.

—Professora, es troba bé? va sentir la Rita que li preguntava el senyor Carlsson des de la caravana.

—Sí, estic bé, però vinguin. Em sembla que he trobat alguna cosa! –li va contestar la Rita amb un crit.

Quan en Salim, el professor Carlsson i la senyoreta Paponet van arribar al lloc i van veure el que havia descobert la Rita, es van quedar bocabadats. Ràpidament, van començar a ajudar-la. En Salim va manar a tota la gent de la caravana que es posés a cavar, mentre altres persones muntaven les tendes.

Al cap d'unes hores, havien tret ja molta sorra, i havien deixat al descobert el que semblava una petita porta gravada amb relleus. Estaven molt emocionats.

—Professora Rita, creu que és una tomba?

—Sí, és clar, naturalment. No en tinc cap mena de dubte –va dir la Rita, intentant que les seves paraules sonessin plenes d'autoritat.

Uns quants homes es van acostar a la porta i van empènyer amb totes les seves forces.

A poc a poc, la porta va anar cedint fins que es va obrir una escletxa per on podien passar diverses persones.

—Professora Rita, passi, vostè ha estat la descobridora –li va dir el senyor Carlsson.

La Rita va agafar una llanterna i es va acostar a la porta amb una sensació de por i d'emoció. De por, perquè mai no havia entrat en una tomba, ni tan sols egípcia; i d'emoció, ja que era la persona que entraria en un lloc en el qual, probablement, ningú no havia posat els peus en milers d'anys.

Va entrar en el que semblava una gran sala; després, va enfocar amb la llanterna cap amunt i no va poder contenir una exclamació:

—Oooooooh!

En Salim i els altres la van seguir i tampoc no van poder evitar la seva sorpresa quan van enfocar amb les seves llanternes.

Es trobaven en una sala completament decorada amb relleus.

En un dels relleus, es veia un personatge que tenia el cos d'un home i el cap d'un falcó. A la Rita la va espantar una mica aquella imatge i quan l'estava enfocant, el senyor Carlsson s'hi va acostar i li va dir:

—El déu Horus. Meitat home i meitat falcó. És impressionant, oi que sí? És un personatge que a mi també m'agrada molt.

Altres persones havien entrat a la sala i havien fixat torxes a les parets. Ara podien veure aquell lloc en tota la seva magnitud.

—Professora Rita –va continuar dient en Carlsson mentre il·luminava amb una torxa el relleu principal de l'estança–, què creu vostè que representa la figura que apareix al costat del déu Horus?

—Oooooh, beeeeeeeé –va dir la Rita allargant les paraules tant com podia mentre intentava recordar les coses que havia llegit als llibres d'història–. Aqueeeeeeeest que apareeeeeeeeeeeeix representaaaaaaaat, jo creeeeeeeeeeeec sincerameeeeeeeeeeeeeeent que es traaaaaaaaaaaaaaaaaaacta sense cap duuuuuuuuuuuuubte de... de... del faraó. Sí, això mateix: del faraó.

—El faraó? Si sembla un esclau.

—Doncs és el faraó. Potser amb una mica de pinta d'esclau, però és sens dubte el faraó –va dir la Rita posant veu de professora experta.

—Vaja, no havia vist mai un faraó representat d'aquesta manera

—Ni jo tampoc, la veritat.

—Ah! –va dir amb admiració el senyor Carlsson–. El que vol dir és que som davant un descobriment excepcional: és la primera vegada que el faraó apareix representat com un esclau.

—Això és exactament el que volia dir –li va contestar la Rita sortint del mal pas.

El senyor Carlsson es va allunyar i la Rita va sospirar alleujada. Però en aquell moment la senyoreta Paponet li va cridar l'atenció:

—Professora, creu que hi deu haver més sales?

—Sí, és clar. Això deu ser ple de sales. Sales per aquí i sales per allà –va contestar la Rita, que estava cada cop més perduda davant les contínues consultes que li feien tots.

Per sort per a ella, el senyor Carlsson i en Salim van decidir que ja era el moment de donar per acabada la feina del dia i descansar; aviat es començaria a fer de nit.

Aquella nit, els membres de la caravana van celebrar el descobriment amb un sopar ben alegre.

—Professora Rita, ha fet un descobriment increïble –li va dir el senyor Carlsson.

—Psè, sí... –va dir la Rita fent-se la modesta.

—Es nota que vostè és una persona molt qualificada —va afegir la senyoreta Paponet.

—Professora... –va dir aleshores en Salim–, reconec que he arribat a dubtar de vostè. Disculpi'm, és el primer cas que conec d'una gran professora tan jove com vostè.

—No es preocupi, Salim –li va contestar la Rita.

—Brindo per la professora Rita –va dir aleshores el senyor Carlsson, aixecant el seu gotet de te: Per la millor experta en egiptologia del món!

—Per la professora Rita! –van cridar tots.

—He, he –va riure la Rita mentre brindava sense poder contenir un gran somriure.

Aleshores, en Salim, va començar a parlar:

—He establert un sistema de guàrdies al voltant del campament i de l'accés a la tomba que ha descobert la professora Rita. Vigilaran perquè ningú no pugui marxar ni entrar sense ser vist. Ens hem d'assegurar que ningú no robi cap peça de la tomba. Això seria massa!

Després, mirant la Rita, va continuar:

—Professora, quina mena de coses creu que podrem trobar en un lloc com aquest? Trobarem alguna cosa important?

—Oh, és clar que sí! –va respondre la Rita–. Aquí segur que hi ha de tot: mòmies, momiots, escultures i tota la pesca.

—I or? Hi haurà or? –va preguntar el senyor Carlsson amb gest cobdiciós.

—És clar, segur que hi ha molt, moltíssim or. La tomba que he descobert és una tomba molt tomba, que li ho dic jo.

—Oooooooooooooh! –van exclamar tots amb un somriure als llavis.

Els membres de l'expedició estaven molt contents. La Rita també. Havia dit algunes mentidetes, però la seva vanitat estava més que satisfeta. Això feia que se sentís com a dalt d'un globus, respirant un aire molt més pur del que respiraven els altres. Era una sensació molt agradable. Però ni tan sols en aquelles circumstàncies la Rita no es podia oblidar del seu oncle Daniel.

—I quan anirem a l'excavació de l'oasi de Farafra? –va preguntar.

—Oh, vinga, professora –va dir el senyor Carlsson—, després del que ens ha dit sobre aquesta tomba, ja no crec que pagui la pena acostar-nos allà.

La Rita el va mirar amb gest d'interrogació. Aleshores, en Salim va dir:

—És clar, per què hauríem d'anar a saquejar aquella excavació si aquí en tenim una de molt més gran i més valuosa?

La Rita va tenir un sobresalt quan va sentir allò, però va pensar que ho havia sentit malament.

—Per què hauríem d'anar... a sac? –va preguntar.

—A sac, a saquejar, ja sap, la nostra especialitat és robar tombes. Encara que aquí hàgim d'excavar, estarem més tranquils i evitarem l'enfrontament amb els arqueòlegs.

Ho havia sentit bé. En Salim havia dit "saquejar", robar. La Rita va notar com el globus de la seva vanitat es desinflava de cop. Estava ajudant uns lladres. Però va intentar dissimular, i es va posar a parlar com havia vist que feien els pirates a les pel·lícules.

—És clar, és clar, és el que hem de fer: a robar! Ha, ha, ha! –va riure.

—Sí, professora –va dir el senyor Carlsson–. I gràcies a vostè, aconseguirem un botí que mai no havíem somniat. Ha, ha! Brindem de nou per la professora, que farà que ens fem rics! Per la professora Rita!

I de nou tots van brindar per la professora Rita.

Però ara, a la llum de les llanternes, a la Rita, els rostres d'en Salim, en Carlsson i la senyoreta Paponet li van semblar els d'uns personatges sinistres i malvats. Eren els rostres dels integrants d'una terrible banda de lladres! Una banda... de la qual ara ella també formava part.

La Rita es va disculpar i se'n va anar a la seva haima, mentre els seus companys continuaven celebrant el que havia passat aquell dia. El cap li anava a tota velocitat. No podia parar de pensar. Recordava com a l'aeroport havia volgut llegir el seu nom en un cartell, ja que se sentia sola, i no havia fet cas del consell del seu oncle Daniel. Ell li havia dit que tingués paciència i que confiés en ell; i que en cas de dubte preguntés a algun treballador de l'aeroport. Després va recordar com, guiada per la seva vanitat, havia seguit la veta al senyor Carlsson i a la senyoreta Paponet fins a ficar-se a poc a poc

i sense saber-ho a la gola del llop. Un lloc tan fosc com la tomba que havia trobat i com aquella nit del desert sense lluna.

S'havia equivocat, i ara es trobava tota sola en una situació perillosa. Encara que potser no estava sola del tot; hi havia un home a la caravana que se li havia acostat per fer-li saber que era el seu amic. Però no n'havia tornat a tenir notícies.

De tota manera, no podia esperar. S'havia d'escapar i intentar arribar a l'oasi on es trobava l'oncle Daniel.

Aprofitant la foscor, la Rita es va esmunyir entre les haimes i va arribar al lloc on descansaven els camells. Cautelosament, es va acostar al seu camell i, mirant de no fer soroll, li va posar les regnes.

—Qui hi ha? –va cridar de cop una veu, al mateix temps que algú s'acostava amb una llanterna a la mà.

La Rita va intentar amagar-se al costat d'unes roques, però a l'instant van aparèixer més llums i més gent.

—Alto, aturi's! –li va cridar una veu.

L'havien descobert: la Rita estava encerclada. Al moment, van aparèixer en Salim, la senyoreta Paponet i en Carlsson.

—Professora, què estava fent?

La Rita, nerviosa, va intentar donar una explicació:

—Beeeé, d'aixooooò, jooooo... estava admirant aquestes roques, sap? –va dir mentre en picava una amb força.

—Les roques? –va preguntar incrèdula la senyoreta Paponet.

—Són molt interessants, no troben?

I mentre la Rita continuava picant les roques, intentant trobar una excusa, una capa de sorra enganxada es va anar desprenent ràpidament, i va deixar al descobert part d'una figura tallada en pedra.

Els presents estaven bocabadats.

—Sembla el cap d'una petita esfinx! –va dir en Salim.

—L'és –va dir en Carlsson.

La Rita estava tan sorpresa com els altres, però va intentar dissimular.

—És clar, ja m'estranyava a mi no haver vist una esfinx per aquí –va dir.

—Professora, vostè és increïble. El seu interès pel saber no descansa mai –va dir la senyoreta Paponet.

—Ja se sap, quan es neix egiptòloga...

Després que en Salim posés sentinelles també allà, tots van tornar a les tendes. L'endemà havien de començar les feines d'excavació.

La Rita es va estirar a l'estora de la seva haima, però va trigar a adormir-se. Havia pres una determinació: fugiria. Havia fallat la primera vegada, però estava segura que en algun moment trobaria una altra oportunitat.

L'endemà, els treballs van començar molt d'hora. El senyor Carlsson i la senyoreta Paponet dirigien el saqueig, però necessitaven l'assessorament de l'experta, és a dir, de la Rita.

—Hem pensat que donarem prioritat a l'excavació de la tomba, que és on es troben els tresors —li va dir el senyor Carlsson.

—Per quina part de la tomba creu que és millor que busquem? –va ser la senyora Paponet qui va consultar ara.

—Cap a l'esquerra –va dir la Rita esperant equivocar-se.

Els empleats van començar a excavar on havia dit la Rita i aviat van trobar un petit clot a la sorra que després es va anar fent més gran. Donava accés a un passadís.

Després van aparèixer unes petites sales on van trobar diverses peces, escultures i joies d'or pur. Els homes contractats pels lladres van formar una cadena i van anar traient els tresors davant la mirada de la Rita, que estava desesperada. Li sabia molt greu veure com, per culpa seva, aquella banda de lladres estava robant la tomba i, el que era pitjor, no trobava cap oportunitat per poder escapar.

Els treballs d'excavació van continuar durant diversos dies, i no paraven d'aparèixer més objectes, per a alegria d'en Salim, en Carlsson i la senyoreta Paponet i tristesa mal dissimulada de la Rita.

Un dia, el senyor Carlsson va reclamar la presència de la Rita.

—Miri, professora, hem trobat una roca molt dura en la qual només hi ha una petita obertura, però cap dels treballadors no hi cap. A vostè li sembla que al darrere hi pot haver alguna cosa important?

A la Rita se li van il·luminar els ulls. Allà, en aquell petit forat obert a la roca, hi havia l'oportunitat que havia estat buscant.

—Senyor Carlsson –li va dir, tan seriosa com va poder–, no oblidi que aquests egipcis eren un poble molt llest. Li puc assegurar que les riqueses més importants de la tomba es troben amagades a les sales que hi ha al darrere de la roca.

—Ho diu de debò?

—Paraula d'experta.

—Aleshores, tenim un problema molt gros: no tenim manera d'accedir-hi per un espai tan petit.

—No es preocupi senyor Carlsson. Jo em ficaré pel forat i investigaré el que hi ha al darrere.

—Oh, professora Rita, que valenta que és vostè! Mai no havia conegut una persona tan extraordinària!

Poc després, equipada amb una llanterna i una llarga corda d'escalada, la Rita desapareixia de la vista del senyor Carlsson i de tots els altres després de passar pel petit forat.

A l'altra banda, la Rita es va trobar una sala no gaire gran on hi havia alguns objectes i molts rotlles de papirs. Ràpidament, va buscar un passadís o una porta per poder escapar. Però, per molt que buscava i palpava les parets, no trobava cap camí. Va intentar calmar-se i va començar de nou a buscar centímetre a centímetre un lloc per fugir, però tot va ser inútil.

—Ha trobat alguna cosa, professora? –li preguntava el senyor Carlsson.

La Rita no va contestar. Estava tan esgotada per la recerca i tan desesperada, que va tenir por de desmaiar-se. Va recolzar la mà en un petit sortint de la paret per no caure, i aleshores... va passar una cosa sorprenent: una porta secreta es va obrir de cop al seu costat. La Rita no va dubtar ni un instant: es va endinsar al passadís que hi havia rere la porta, buscant una sortida a l'exterior.

Després de recórrer uns metres, va comprovar com el passadís es dividia en diferents corredors.

"Vaja, això és un laberint".

Sense dubtar-ho gaire, va continuar pel passadís que baixava fent un lleuger pendent il·luminant el seu camí amb la llanterna.

Al cap d'una estona, la Rita va notar alguna cosa: era una lleugera sensació d'aire fresc que li tocava la cara. Va apagar la llanterna i en la foscor va poder distingir un raig de llum natural al fons del passadís on es trobava. Va tornar a encendre la llanterna i es va dirigir ràpidament i decididament cap allà. Va arribar a una sala molt alta on hi havia diverses escultures que s'alçaven fins al forat per on entrava la llum del matí, al sostre. La Rita va llançar la corda que duia i va

encertar a enganxar el llaç que havia fet al cap d'una de les escultures. Després, es va enfilar per la corda fins que va poder arribar al forat, i així, amb certa facilitat, va poder sortir a la superfície.

Però quan la Rita va sortir a l'exterior, va tenir una gran sorpresa.

I és que allà, al costat de l'espai per on havia aconseguit de sortir de la tomba, lluny del campament i enmig del desert, hi havia el seu camell esperant-la, a punt per posar-se en marxa.

Va veure un paper doblegat a la sella. Era una nota que deia: "Rita, has d'anar cap a l'oest per arribar a l'oasi de Farafra. A la sella, hi trobaràs una brúixola i una provisió d'aigua per al camí. Bona sort. Un amic."

La Rita mai no s'havia alegrat tant de trobar un amic. Va pujar ràpidament al camell i, després d'orientar-se amb la brúixola, va posar rumb a l'oest.

Feia molta calor. Eren les hores centrals del dia, i el sol semblava que copegés amb els seus rajos la plana deserta que ara travessava la Rita. I ho feia sense pietat.

La Rita va recordar com en Salim havia manat d'aturar la marxa de la caravana i descansar en les hores més caloroses. Però ella no es podia aturar, volia arribar de seguida, i per això no va parar.

El camell també notava la calor asfixiant i la marxa es va fer penosa. La Rita cada cop estava més i més cansada... Tan endormiscada estava, que no es va adonar que la brúixola li havia caigut de les mans i s'havia enfonsat a la sorra...

El temps transcorria lent, com lent era el pas del camell a través d'aquella immensitat de sorra.

La Rita va beure una mica d'aigua i es va reanimar una mica; aleshores es va adonar que havia perdut la brúixola.

—Sense la brúixola, estic perduda! –va dir.

I això era exactament el que li havia passat. Quan la Rita va mirar al voltant i va veure les petjades del camell, va comprovar que havia estat movent-se en cercle durant una bona estona. No hi havia dubte: estaven perduts enmig del desert.

La Rita va intentar orientar-se observant la posició del sol, tal com li havia ensenyat el seu avi quan anava a passar els estius al poble.

—He d'anar cap a la direcció per on es pon el sol. Crec que és cap allà –es va dir–. Som-hi, camellet.

Però el camell li va respondre amb un petit gemec i no es va moure.

—Et passa alguna cosa? –va preguntar la Rita.

El camell va tornar a gemegar i va aixecar lleugerament una de les potes del davant.

La Rita va baixar del camell i va comprovar que l'animal tenia una ferida en una pota. Va rentar la ferida amb aigua i, esquinçant una mica la seva camisa, va improvisar un embenatge.

—No pateixis, amic –li va dir, acariciant-li el morro–. Arribarem a l'oasi.

I agafant les regnes, la Rita va començar a caminar cap a on ella pensava que hi havia l'excavació del seu oncle.

Però continuava fent molta calor, i la sorra fina del desert dificultava molt la marxa.

Cada vegada havia de fer més pauses per beure aigua, i la Rita notava que li anava pesant

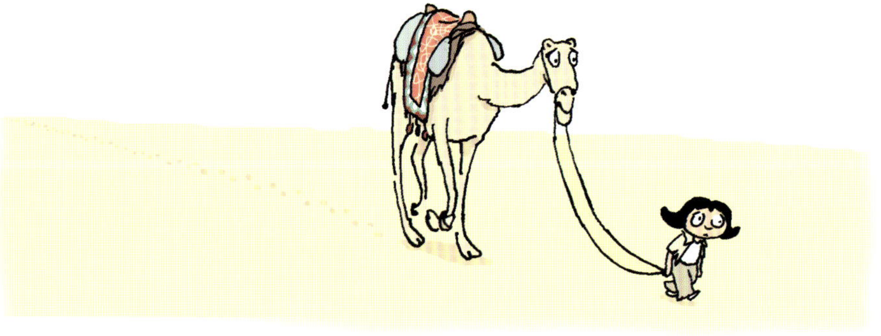

cada cop més el cap. Havia comès la imprudència d'aventurar-se al desert sense tapar-se el cap, i notava els rajos del sol com cops sobre ella.

—Som-hi, camellet, no ens hem d'aturar, hem d'arribar a l'oasi –deia sense parar de caminar.

Però les seves passes eren cada cop més curtes i maldestres, i li rodava el cap. Estava tan marejada que amb prou feines es podia aguantar dreta.

—Vinga, una mica més... Ja som... a prop –va dir la Rita intentant donar-se ànims a ella mateixa.

Però ja no li era possible aixecar un peu de la sorra; havia gastat totes les forces. La Rita va caure desmaiada enmig del desert.

Quan va obrir els ulls, la Rita va notar la foscor al seu voltant.

—Vaja, s'ha fet de nit –va dir.

—Tranquil·la, Rita, ja estàs fora de perill –li va dir una veu càlida al mateix temps que una mà l'acariciava. I eren una veu i unes carícies que la Rita coneixia molt bé.

—Oncle Daniel!

Es trobava al llit d'una petita habitació en penombra. Una llum tènue s'esmunyia per una finestra de tova, i il·luminava l'estança. La Rita i el seu oncle es van fer una abraçada ben llarga.

—Ets a l'oasi on estic treballant amb el professor Hawas, no pateixis –li va dir el seu oncle.

—L'última cosa que recordo és que anava pel desert, sola, amb el meu camell ferit en una pota... Com he arribat fins aquí?

—En Mustafà, un dels treballadors, et va dur.

—Però... –va intentar dir la Rita. Havia d'explicar moltes coses al seu oncle, però ell la va calmar:

—Tranquil·litza't i descansa –li va dir–. Encara has de recuperar moltes forces; després parlarem.

Ja a la nit, la Rita es va poder aixecar i sopar amb l'oncle Daniel a l'aire lliure, al costat de la petita casa on s'allotjaven. Allà, van rebre la visita de diverses persones.

L'oncle Daniel va fer les presentacions:

—Rita, aquest és el meu gran amic, el professor Hawas, i aquests són els professors Alí i Jalifa.

—*Salam,* Rita –li van dir els homes inclinant el cap i allargant-li la mà.

—*Salam* –va respondre la Rita corresponent a les salutacions.

—I aquest és en Mustafà, la persona que t'ha rescatat –va intervenir l'oncle, tot agafant afectuosament per l'espatlla un senyor que mirava a terra amb gest d'humilitat.

—*Salam,* Mustafà –li va dir la Rita acostant-se. Moltes gràcies per haver-me salvat, *sukram.*

—En Mustafà et va anar a recollir a l'aeroport –li va explicar l'oncle Daniel–, però quan et va veure, la banda de lladres de tombes ja t'havia segrestat. I encara que et va perdre, va poder recuperar la teva pista i seguir-te. Va intentar posar-se en contacte amb tu al mercat d'un poble disfressat de comerciant. També es va infiltrar a la caravana per ajudar-te.

—Però no et vaig poder dir qui era perquè en Salim, un dels de la banda, et vigilava estretament, recordes? –va intervenir el mateix Mustafà.

—Sí –va contestar la Rita, que escoltava entre sorpresa i trista el relat del que havia passat.

Va ser en Mustafà qui va continuar parlant:

—Després, en saber que t'endinsaves a l'interior de la tomba, vaig poder despistar els guardians i inspeccionar els voltants. Vaig trobar una sortida i et vaig deixar el camell amb l'esperança que arribaries fins allà. Més endavant, jo també vaig aconseguir escapar-me amb un camell i et vaig seguir, fins que et vaig trobar al desert, desmaiada al costat del teu animal.

Tots els presents van quedar impressionats en sentir el que havia passat. Havia estat una aventura increïble.

—*Sukram*, gràcies un altre cop, Mustafà –va dir la Rita.

—Rita, ets una nena molt valenta –li va dir el professor Hawas.

—Oh, sí, mai no havia conegut ningú com tu —va afegir el professor Alí.

—No crec que en tota la història d'Egipte hi hagi hagut cap nena que hagi demostrat tant de valor —va dir finalment el professor Jalifa.

I dit això, van oferir a la Rita uns pastissets de dàtils que havien portat.

Allà hi havia un altre cop els pastissets de dàtils i també les paraules dolces.

La Rita va tornar a sentir dins seu la veu de la vanitat:

"Ells es pensen que et van segrestar i creuen que ets molt valenta; segueix-los la veta, ningú no sap la veritat", li deia.

Però la Rita estava tipa de sentir aquella veu que, de manera dolça, la convidava a dir mitges mentides i que només li causava problemes.

—No, amics, no sóc una nena valenta. Aquí l'única persona valenta és en Mustafà –va dir molt seriosa.

I la Rita va explicar al seu oncle i als altres tot el que havia passat des de la seva arribada a l'aeroport fins a la seva accidentada fuga.

—Ho sento; ho sento molt –va dir sense poder contenir una llàgrima que se li escapava per l'ull dret–. Com veuen, no sóc valenta, sinó mentidera; per culpa meva, aquells lladres estan robant una tomba de molt valor.

Els presents van quedar commoguts per la sinceritat de la Rita.

—No et preocupis –li va dir el seu oncle acariciant-la–. Tu no sabies que ells eren lladres. No tenies mala intenció.

Tant el professor Hawas com els seus col·legues i en Mustafà també van ser comprensius. No estaven enfadats amb ella, però sí molt preocupats per la banda de lladres de tombes.

—Els lladres de tombes són un gran mal des de fa molts anys –va dir el professor Hawas–. Mentre nosaltres ens esforcem a trobar restes del passat per mostrar-les al món als museus, aquestes bandes roben les riqueses d'Egipte per vendre-les a qui més els pagui.

—Sí. Fa segles, alguns saquejadors de tombes robaven perquè no tenien diners ni recursos per menjar –va continuar dient el professor Jalifa–. Però ara les bandes de saquejadors roben per cobdícia. Saben que

algunes persones riques els compraran les peces per molts diners per a les seves col·leccions privades.

—D'aquesta manera, perdem valuosíssimes fonts d'informació per conèixer la història de l'Antic Egipte –va dir finalment el professor Alí.

En aquell instant, la Rita va recordar una cosa. Es va aixecar i va anar corrent cap a la casa de l'oncle Daniel. Va tornar a l'instant portant un rotlle a la mà.

Es tractava d'un papir.

—Teniu –va dir a l'oncle Daniel i als seus companys ensenyant-los l'objecte–. El vaig treure d'una de les sales de la tomba i me'l vaig guardar entre la roba per donar-lo a l'oncle Daniel, per si li resultava útil per als seus estudis.

Els professors van llegir atentament el manuscrit i van desxifrar el que hi havia escrit.

—És meravellós! És extraordinari! És fantàstic! –van dir els professors.

—Daniel, la Rita ha trobat la tomba de Neteruimes, el gran ministre del faraó Ramsès.

És una troballa importantíssima –va dir el professor Hawas–. Hem d'anar-hi de seguida.

—Creieu que ens podreu portar fins aquell lloc? –li va preguntar l'oncle Daniel a la seva neboda i a en Mustafà.

—Jo no, oncle –va respondre la Rita.

—Ho intentaré –va dir en Mustafà.

—Però, oncle, professor Hawas, què farem si ens trobem amb la banda de saquejadors? –va preguntar la Rita preocupada.

—Ens hi haurem d'enfrontar, no queda cap altre remei –li va respondre molt seriós el professor Hawas.

L'oncle Daniel, també molt seriós, va assentir amb el cap.

Amb l'excepció de la Rita, que encara s'havia de recuperar, aquella nit ningú no va dormir a l'oasi de Farafra. L'activitat va ser frenètica. Entre altres coses, calia organitzar l'expedició i buscar camells i ases per endinsar-se en un perillós desert on no hi havia carreteres.

L'endemà al matí, tothom estava preparat. També la Rita i el seu camell.

Quan la va veure disposada per al viatge, el seu oncle la va voler convèncer perquè es quedés.

—Rita, no has de venir, encara estàs feble i a més... pot ser perillós.

—No, oncle. Ja estic recuperada, igual que el camell –va dir tot assenyalant l'animal–. No vull estar més temps separada de tu.

L'oncle Daniel, en el fons, sentia el mateix que ella, o sigui que, després d'enfilar-se al seu camell, li va dir:

—D'acord, però no t'allunyis de mi.

—Molt bé –va contestar la Rita.

La caravana es va posar en marxa i va marxar de l'oasi per endinsar-se al desert.

Guiats per en Mustafà, la llarga filera d'animals i persones va avançar cap a l'est per aquell mar de sorra. Descansant en les hores més caloroses i apressant el pas cap al tard, l'expedició va arribar pels volts de la tomba amb les últimes llums del dia.

—Descansarem aquí –va dir el professor Hawas.

Ràpidament entre tots van muntar les tendes i van instal·lar el campament.

Aviat es va fer completament de nit i els components de l'expedició es van adormir esgotats pel viatge, tot i que una mica inquiets pel que podia succeir.

L'endemà, el soroll de l'activitat del campament va despertar la Rita.

En Daniel i en Mustafà s'havien avançat per inspeccionar: havien sortit abans de l'alba i ja havien tornat. I havien trobat el lloc on era la tomba! Era desert, buit: els saquejadors ja havien marxat de l'excavació. L'expedició es va posar en marxa.

Quan hi van arribar, els professors i tots els altres integrants de la caravana van saltar dels camells i es van dirigir cap a la tomba. Però la Rita es va quedar, tota trista, dalt del seu camell, observant les restes del campament dels lladres. Aleshores, va notar una mà a l'espatlla:

—No t'amoïnis, tu no n'has tingut cap culpa. Ho has fet sense voler.

Era la veu d'en Mustafà, que intentava consolar-la.

Poca estona després, l'oncle Daniel va sortir de l'interior de la tomba amb un somriure als llavis i va anar cap a ella.

—Bones notícies, Rita. Els lladres han caigut a la trampa: han descobert una entrada equivocada, i les sales que han saquejat són de poca importància. Per les inscripcions, sabem que el sarcòfag de Neteruimes i la major part dels tresors són en una altra part de la tomba. Aquí hi ha molta feina per fer. Rita, has fet un descobriment importantíssim... encara que hagi estat per casualitat. I dient això, va fer una forta abraçada d'egiptòleg a la seva neboda.

—Moltes gràcies en nom de tota l'egiptologia mundial —li va dir entre rialles l'oncle Daniel.

—Sí, però... –va intentar dir la Rita.

—No hi ha peròs, Rita. Et vas confondre, però has sabut rectificar. Ets una gran noia –li va dir tot fent-li ara una forta abraçada d'oncle.

Després d'inspeccionar el lloc, el professor Hawas i els seus ajudants van decidir que la magnitud del descobriment era tal que calia muntar un campament permanent. En aquella tomba hi havia feina per a molt de temps.

I a més, estava segur que obtindrien informacions molt importants sobre la vida i els esdeveniments de l'època de Ramsès.

La Rita i el seu oncle Daniel van viatjar al Caire amb una de les nombroses caravanes que van sortir amb destí a la capital. Havien d'informar els agents de la Unitat Arqueològica perquè poguessin localitzar la banda de saquejadors.

I, aprofitant que eren a la ciutat, l'oncle Daniel va portar la Rita al Museu Egipci, les piràmides i altres llocs.

Un dia, passejant pel moll principal de la ciutat, van observar encuriosits les feines de càrrega i descàrrega de diversos vaixells.

—Ah, el comerç, Rita, és una activitat tan antiga com les persones. Unes coses surten d'aquí i d'altres, en canvi, hi arriben. Sabies que a l'Antic Egipte...?

La Rita no va deixar acabar la frase al seu oncle:

—Què has dit, oncle Daniel?

—Que en el comerç, unes mercaderies surten d'un lloc i unes altres hi arriben...

La Rita escoltava el seu oncle mentre observava com carregaven caixes en un vaixell anomenat... Horus! De sobte, va tenir una intuïció.

—Oncle Daniel, aquell vaixell es diu Horus! –va cridar.

—Sí, Rita. Horus és un déu de l'Antic Egipte...

—És el déu favorit del cap de la banda de saquejadors! –el va interrompre la Rita–. Oncle Daniel, alguna cosa em diu que en aquelles caixes s'estan emportant els objectes que han robat.

—Rita, això no és gaire probable –li va respondre el seu oncle.

Però la Rita va insistir tant que l'oncle Daniel primer es va acostar a observar-los i, després de veure coses sospitoses, va trucar per telèfon a un agent de la Unitat Arqueològica. I quan l'agent i els seus companys finalment van obrir una de les caixes, van descobrir que... era plena de peces robades en diverses tombes!

La Rita l'havia encertat i la seva estranya intuïció havia evitat que aquell carregament de valor incalculable pogués sortir d'Egipte. El director del Museu Egipci en persona li va donar les gràcies per la troballa de la tomba de Neteruimes i pel rescat de les peces robades.

Aquella nit, des d'un lloc del Caire, algú va trucar per telèfon a una altra persona que era molt lluny d'allà:

—Senyor Carlsson? –va preguntar una veu.

—Qui és? –va respondre una altra veu a l'altra banda del telèfon.

—Senyor Carlsson, sóc en Salim. Han descobert el carregament quan l'estaven pujant al vaixell.

—Maleït sia! Quina mala sort! –va exclamar furiós el senyor Carlsson– Dins d'aquelles caixes hi havia tot el que havíem robat en els últims anys! Serà difícil que puguem tornar a reunir un tresor semblant.

—Ja ho crec. A més, sense l'ajut de la professora Rita serà molt difícil que puguem tornar a trobar una tomba tan important –va dir en Salim.

—Sí, era l'experta més important en saqueig de tombes del món. I pobreta va acabar els seus dies dins una tomba! Quina gran pèrdua!

—Sí, pobreta –va respondre en Salim donant per acabada la conversa.

Després de resoldre feliçment el cas, la Rita i l'oncle Daniel van tornar amb el professor Hawas i el van ajudar en l'excavació de la tomba tot just descoberta.

La Rita tennista

Convertir-se en una estrella de la música és important per a la Rita. Quan provi sort com a tennista i tingui èxit, s'adonarà que la fama té un costat dur que no esperava.

No et perdis les meves aventures!

La Rita al Pol

L'oncle Daniel forma part d'una expedició científica atrapada entre els gels del Pol Nord. La Rita intentarà rescatar-lo en companyia dels seus amics del poble inuit i d'un pingüí molt especial.

La Rita gegant

La Rita no vol ser baixeta, està farta que li diguin "puça". Ella vol ser molt alta, molt alta, perquè es pensa que així tothom l'estimarà. Podrà aconseguir-ho amb una poció màgica?